繽紛中華

中國動物

馬艾思 著　黃裳 繪

新雅文化事業有限公司
www.sunya.com.hk

查理和盈盈是一對好朋友。
在晴朗的一天，他們一同去遠足。
突然，附近樹林傳來一陣聲音。
一隻聰明又友善的精靈出現了。
原來牠是來自中國的小龍。

查理和盈盈對望了一下，
這時他們還未知道，
這趟旅程將會畢生難忘！

看到那兩隻可愛的動物嗎？
牠們是大熊貓，主要在中國棲息。
牠們身上長着黑白色皮毛，看上去非常特別。

胖胖的大熊貓很愛玩耍，
喜歡在地上滾來滾去。
中國人很愛大熊貓，
更把牠們視為國寶。

快來看看像精靈般的藏羚羊吧！
牠們個子小小，四肢纖長，
頭上長有一對又長又彎的角。

別看藏羚羊體形纖瘦，
其實牠們居住在非常寒冷的地方。
即使天氣嚴寒，藏羚羊仍可靠着毛茸茸的皮毛來保暖。

準備好迎接亞洲象了嗎？
亞洲象是亞洲體形最龐大的動物。
牠們能長得高如籃球架，重如四輛巴士。

與牠們遠在非洲的朋友——非洲象不同，
亞洲象的耳朵較小，而且背部是拱起來的。
以前有很多亞洲象在中國居住，
現在可在泰國等地見到牠們。

看，是猴子啊！
牠們叫做白頭葉猴。
牠們有着白色的頭部和黑色的身軀，
而白頭葉猴寶寶的身軀是橙色的。

我猜牠們一定很喜歡
在遊樂場盪鞦韆。

白頭葉猴手腳強壯，靈活敏捷。
牠們擅長爬樹，可以在樹枝間盪來盪去。

你們有聽過白鱀豚嗎？
牠們是一種居於中國長江的海豚。

白鰭豚漂亮極了！
牠們擁有光滑細膩的青灰色身體，
嘴巴又尖又長，外形優雅脫俗，
有「長江女神」之美譽。

咯咯！咯咯！
紅腹錦雞正向我們打招呼啊！
牠們尾巴帶有斑點，頭冠鮮豔奪目，
羽毛色彩繽紛，就像盛裝參加舞會一樣。

紅腹錦雞居住在中國的森林和山坡。
世界各地的人都特地前來一睹牠們風采。
你也喜歡紅腹錦雞嗎？

在亞洲的高山上，有一種名為犛牛的動物。
犛牛體形碩大，身上長有長毛。

犛牛體格強壯，肌肉發達，
是人類的好朋友，幫助人們在崎嶇路上搬運重物。
亞洲很多族羣，尤其中國人，都喜愛犛牛。

犛牛讓居於高山的人
生活得更輕鬆，
是人類的好幫手！

17

在中國的高山上，我們也可找到藏野驢。
牠看似是一隻驢子，但披着紅棕色皮毛。

藏野驢是賽跑好手，
喜歡聯羣結隊在高山奔馳。
試幻想牠們在野外如風飛奔，清風撲面，
感覺多暢快！

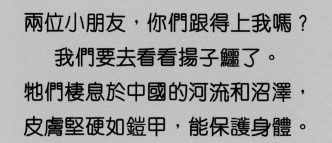

兩位小朋友，你們跟得上我嗎？
我們要去看看揚子鱷了。
牠們棲息於中國的河流和沼澤，
皮膚堅硬如鎧甲，能保護身體。

別被揚子鱷長長的臉嚇怕，
其實牠們既善良又溫馴，
只會在受威脅時，才作出攻擊。

快來看看！
我知道牠們是世界上
其中一種最細小的
短吻鱷。

抬頭看看天上的朱鷺吧！
這些鳥兒有着紅紅的臉、
粉白的身體，以及黑色的喙。
牠們來自中國，多居於濕地和樹林。

太陽快要下山，查理和盈盈要回家了。
這次中國野生動物探索之旅，
他們都玩得很盡興。

經過這次旅程，
查理和盈盈發現自己比以前更愛動物。
當然，他們也很開心與小龍成為了朋友呢！

中國動物漢英詞彙

大熊貓
🔊 dà xióng māo
EN The giant panda

藏羚羊
🔊 zàng líng yáng
EN The Tibetan antelope

亞洲象
🔊 Yàzhōu xiàng
EN The Asian elephant

白頭葉猴
🔊 bái tóu yè hóu
EN The white-headed langur

白鰭豚
🔊 bái qí tún
EN The baiji

紅腹錦雞
hóng fù jǐn jī
EN The golden pheasant

犛牛
lí niú
EN The yak

藏野驢
zàng yě lǘ
EN The kiang

揚子鱷
yáng zǐ è
EN The Chinese alligator

朱鷺
zhū lù
EN The crested ibis

繽紛中華

中國動物

作者：馬艾思
繪圖：黃裳
翻譯：小新
責任編輯：黃稔茵
美術設計：郭中文
出版：新雅文化事業有限公司
香港英皇道499號北角工業大廈18樓
電話：(852) 2138 7998
傳真：(852) 2597 4003
網址：http://www.sunya.com.hk
電郵：marketing@sunya.com.hk
發行：香港聯合書刊物流有限公司
香港荃灣德士古道220-248號荃灣工業中心16樓
電話：(852) 2150 2100
傳真：(852) 2407 3062
電郵：info@suplogistics.com.hk
印刷：中華商務彩色印刷有限公司
香港新界大埔汀麗路36號
版次：二〇二四年三月初版
二〇二四年六月第二次印刷

ISBN: 978-962-08-8355-2
© 2024 Sun Ya Publications (HK) Ltd.
18/F, North Point Industrial Building, 499 King's Road, Hong Kong
Published in Hong Kong SAR, China
Printed in China